Salut!

In diesem Heft kannst du die **Grammatikregeln** aus *Tous ensemble 4* lektionsweise **entdecken**, **verstehen** und **lernen**.

Anhand von vielen **Übungen** kannst du das Gelernte gleich im Anschluss **Schritt für Schritt trainieren**.

Alle **Lösungen** zu den Übungen befinden sich am Ende des Heftes, sodass du deine Ergebnisse selbstständig **überprüfen** kannst.

Bonne chance!
L'équipe de *Tous ensemble*

Inhaltsverzeichnis

Leçon 1	Seite 2
Leçon 2	Seite 11
Leçon 3	Seite 18
Leçon 4	Seite 27
Extra 1	Seite 38
Extra 2	Seite 42
Extra 3	Seite 46
Lösungen	Seite 48

1 J'arriverai à 18 heures – Das futur simple → G17 → vor SB, Atelier, Ü4

a Lis l'e-mail du cousin de Gabriel et observe. Comment est-ce qu'on forme le **futur simple** des verbes réguliers?

e-mail

Salut Gabriel,

La semaine prochaine, nous arriverons enfin chez vous. Toute la famille est hyper contente ☺
Et moi, j'ai beaucoup de questions …

Qu'est-ce que vous nous montrerez? Tes parents disent qu'ils visiteront Pointe-à-Pitre avec nous.
Et toi, tu me présenteras enfin à tes copains?
Est-ce que je dormirai dans ta chambre? Et où est-ce que Lise dormira?
Réponds-moi vite!!

A mardi,
Lucas

P.S.: Vous nous attendrez à l'aéroport?

b Complète les mots croisés avec les verbes au **futur simple**.

1. nous: être
2. je: faire
3. je: voir
4. tu: venir
5. il: sortir
6. nous: pouvoir
7. elle: poser
8. ils: avoir
9. vous: aller
10. vous: sonner

c Complète la réponse de Gabriel avec les verbes au **futur simple**.

*Achte auf die unregelmäßigen Formen und auf Verben auf **-er** mit Besonderheiten.*

e-mail

Salut Lucas,

Bien sûr que je te .... **présenter** à mes amis. On .... **aller** souvent à la plage ensemble. Si tu veux, on .... **faire** de la plongée.

Comme ça, tu .... **pouvoir** voir le récif de corail et les tortues marines.

A Pâques, il y .... **avoir** même une grande fête à la plage. On .... **aller** tous ensemble à cette fête. Ce .... **être** génial.

Mes parents .... **venir** vous chercher à l'aéroport.

Vous m'.................................... **appeler** quand vous .... **être** dans la voiture? Fanny et moi, nous .... **préparer** une soirée pour vous.

A +

Gabriel

P.S.: Toi, tu .... **dormir** dans ma chambre et Lise .... **rester** chez Fanny.

2 Si tu sors ce week-end, tu m'appelleras? – si-Sätze

→ G28.1 → vor SB, Atelier, Ü5

a Regarde les phrases et observe. Quels temps est-ce qu'on utilise dans les phrases conditionnelles?

Si mon cousin **a** le temps ce week-end, j'**irai** au cinéma avec lui.

Cool. Tu m'**appelleras** si vous **sortez**? Si je ne **sors** pas avec mes copines, je **viendrai** avec vous.

*Wenn der Satz mit **si** beginnt, steht vor dem Hauptsatz ein Komma. Beginnt der Satz mit dem Hauptsatz, steht vor **si** kein Komma:*

***Si** mon cousin a le temps, on ira au cinéma.*	*On ira au cinéma **si** mon cousin a le temps.*

Hauptsatz: ....

Nebensatz: si + ...

b Un copain / une copine a écrit des notes et des questions pour la visite de vos corres français. Il / elle veut présenter ses notes et questions à la classe. Il / elle te demande de l'aider avec les formes des verbes. Surligne les formes correctes des verbes.

- Si les corres **veulent/voudront** manger dans un restaurant allemand, nous **mangerons/mangeons** au restaurant Linde.
- Nous **allons/irons** à la piscine s'il **fait/fera** beau.
- Si mon corres **a/aura** envie de faire du skate, je lui **montrerai/montre** le skatepark.
- Qu'est-ce qu'on **fera/fait** s'il **pleut/pleuvra**?

3 S'il fait beau, j'irai à la plage

→ G28.1 → vor SB, Atelier, Ü5

Naïma et sa copine discutent des vacances. Complète leurs phrases avec les verbes au **présent** ou au **futur simple**.

1. *Naïma:* Si ma cousine .... à Paris, nous .... au Louvre. venir aller
2. *Léa:* Si Jade ne .... pas avec ses parents, on .... du camping. partir faire
3. *Naïma:* Si mes parents .... d'accord, j'.. une fête. être organiser
4. *Léa:* Si tu .... une fête, tu .... aussi les copains de la classe? faire inviter
5. *Naïma:* Si je ne les .... pas, ils .... fâchés. inviter être

4 Un voyage en Allemagne

→ G28.1 → nach SB, Atelier, Ü5

Ton copain / ta copine français(e) va peut-être aller en Allemagne avec sa famille. Tu lui poses des questions. Ecris les questions en français.

*Vor **il** und **ils** wird **si** zu **s'**.*

Du möchtest wissen, …

1. ob er nach Berlin geht, wenn er nach Deutschland kommt.

Si ....

2. ob er das Brandenburger Tor (la porte de Brandebourg) besichtigt, wenn er nach Berlin geht.

Est-ce que ....

3. was er und seine Familie machen, wenn das Wetter nicht schön ist.

Qu'est-ce que ....

Et toi? Raconte ce que tu vas peut-être faire ce week-end *(was du dieses Wochenende vielleicht machen wirst)*. Ecris trois phrases avec **si**. Mets les verbes au **présent** et au **futur simple**.

1. ....

....

2. ....

....

3. ....

....

5 La valise est plus grande que … – Die Steigerung der Adjektive (Komparativ)

→ G9, G10.1 → vor SB, Atelier, Ü7

a Tu connais déjà beaucoup d'adjectifs. Est-ce que tu te souviens de leurs terminaisons? *(Erinnerst du dich an ihre Endungen?)* Complète le dialogue avec les adjectifs.

stressé | clair | amoureux | exotique | jaloux | grand | long | petit | martiniquais

Eva: Tu vas partir pendant les .... vacances?

Léonie: Oui, je vais aller en Martinique avec mes parents et ma .... sœur.

Eva: Waouh! Cool. Vous n'êtes pas un peu ...., toi et ta sœur?

Léonie: Si, bien sûr! Lola et moi, on n'est jamais allées aux Antilles. Mais mes parents sont .... de ces îles.

Eva: Mais le voyage est très ...., non?

Léonie: Oui, c'est ...., On doit parcourir environ 7000 km.

Eva: Oh là là … Et qu'est-ce que vous allez faire en Martinique?

Léonie: On va faire de la plongée et observer les poissons ...., visiter la mangrove, goûter des spécialités .... …

Eva: O.K., O.K., arrête, je deviens ....!

b Regarde les images, lis les phrases et observe. Quand est-ce qu'on utilise *(benutzt man)* **plus ... que**, **moins ... que**, **aussi ... que**? Pourquoi **grand** ou **grande**?

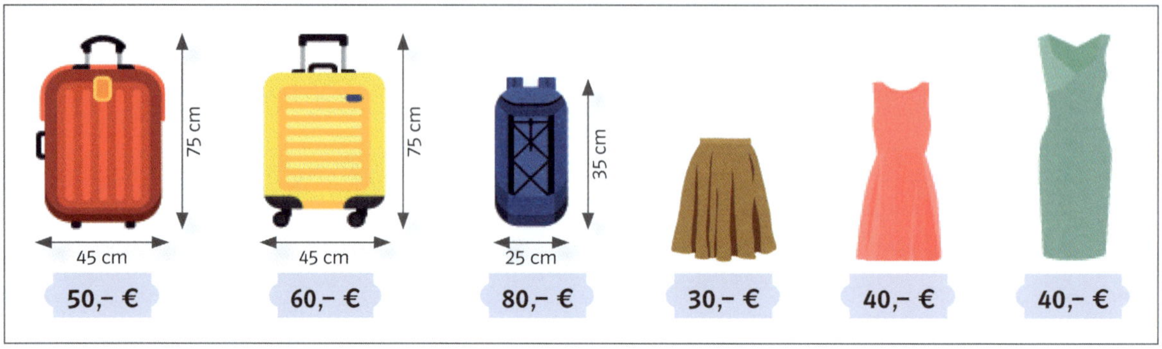

1. La valise rouge est **plus** grande **que** le sac.
2. Le sac est **moins** grand **que** la valise rouge.
3. La valise rouge est **aussi** grande **que** la valise jaune.

c Complète les phrases.

Vergiss nicht, die Adjektive anzugleichen.

1. La robe verte est .... la robe rose. **long**
2. La jupe est .... les robes. **cher**
3. La robe verte est .... la robe rose. **cher**
4. Les valises sont .... le sac. **grand**
5. Les robes sont .... les valises. **cher**
6. Le sac est .... les valises. **petit**

d Regarde les images (b) et complète le dialogue avec les adjectifs et **plus ... que**, **moins ... que** ou **aussi ... que**.

Avant les vacances, Léonie, Lola et leur mère font du shopping sur Internet.

Mère: Alors, on a déjà la robe pour Lola et maintenant on a besoin d'une valise pour toi, Léonie. Comment est-ce que tu trouves la valise rouge?

Léonie: Bof, je préfère un sac. Ce sac bleu par exemple. Il est super.

Mère: Oui, mais regarde le prix. Il est .... (cher) la valise.

Lola: Et il est aussi .... (petit) la valise.

Léonie: O.K., O.K., on prend une valise. Mais je déteste le rouge.

Mère: Alors, on achète cette valise jaune, là? Elle est .... (grand) la valise rouge et .... (cher) le sac.

Léonie: D'accord.

6 Le volcan le plus haut de France, c'est ... – Die Steigerung der Adjektive (Superlativ)

→ G10.2 → vor SB, Atelier, Ü7

a Lis le texte et observe. Comment est-ce qu'on forme le superlatif?

www.

Les départements et régions d'outre-mer: la France des superlatifs

En France, et surtout dans le Massif central, il y a de nombreux volcans comme le Puy de Dôme (1464 m) ou le Puy de Côme (1253 m). Mais le volcan le **plus** haut de France se trouve loin de la métropole. C'est le Piton des Neiges (3070 m) sur l'île de la Réunion, un département d'outre-mer. Le Piton des Neiges est en même temps la montagne la **plus** haute de l'île de la Réunion, une île de l'océan Indien qui attire beaucoup de touristes avec ses belles plages et sa forêt tropicale. Les plages les **plus** connues de la Réunion se trouvent dans l'ouest[1] autour de Saint-Gilles-les-Bains, une station balnéaire[2] très célèbre. Et à côté de l'île de la Réunion se trouve Mayotte, le département d'outre-mer le **moins** touristique. Mayotte est un archipel de plusieurs petites îles …

b Complète les dialogues avec le superlatif.

1. *Le prof:* Qui connaît la ville .... (+ grand) de Guadeloupe?

   Bilal: Est-ce que c'est Pointe-à-Pitre?

   Le prof: Oui, c'est ça!

2. *Le prof:* Le sommet .... (+ haut) de Guadeloupe, c'est la Soufrière.

   Anna: Et en Martinique, comment s'appelle la montagne .... (+ haut)?

   Bilal: Je sais! La montagne Pelée!

1 **dans l'ouest** im Westen 2 **une station balnéaire** ein Badeort

3. *Anna:* Super, pas de devoirs aujourd'hui!

Le prof: Pas si vite, Anna. Alors, pour demain, vous notez les informations .... (+ important) sur le climat, les langues, la cuisine et la musique en Guadeloupe. Quelle est la saison .... (+ chaud)? Et la saison .... (- chaud)? Comment s'appelle le cyclone .... (+ violent) de l'histoire de la Guadeloupe? Où sont les zones .... (- touristique)? Quelle est la langue .... (+ parlé)? Quels sont les spécialités et les groupes de musique .... (+ connu)?

7 L'appartement le plus cher, c'est ... → G10 → nach SB, Atelier, Ü7

Ton copain / ta copine français(e) et ses parents veulent déménager à Hambourg. Tu as trouvé trois annonces et tu les expliques à ton copain / ta copine. Complète les phrases avec le **comparatif** ou le **superlatif**.

www.

Haus mit Terrasse
Größe: 141 m²
Wohnzimmer: 35 m²
Schlafzimmer: 3 (17/18/19 m²)
Küche: 12 m²
Bad + WC: 10 m²
Terrasse: 30 m²
Kaltmiete: 1200 Euro

Wohnung mit Garten
Größe: 90 m²
Wohnzimmer: 25 m²
Schlafzimmer: 3 (je 9/11/13 m²)
Küche: 10 m²
Bad + WC: 6 m²
Garten: 16 m²
Kaltmiete: 800 Euro

Wohnung
Größe: 90 m²
Wohnzimmer: 30 m²
Schlafzimmer: 2 (20/15 m²)
Küche: 15 m²
Bad + WC: 10 m²
Kaltmiete: 700 Euro

1. La maison est .... les appartements. cher
2. La maison a le salon .... grand
3. Les appartements sont .... la maison. petit
4. L'appartement avec jardin a la cuisine .... petit
5. Le jardin de l'appartement est .... la terrasse de la maison. petit
6. L'appartement avec jardin a les chambres .... grand
7. La salle de bains de la maison est .... la salle de bains de l'appartement sans jardin. grand
8. La cuisine de la maison est .... la cuisine de l'appartement sans jardin. grand

8 Journée portes ouvertes → G35 → nach SB, Atelier, Ü7

a Trouve les formes du verbe **vivre** et complète la carte.

V	I	R	A	Z	L	B	V
O	K	L	B	N	D	F	É
V	C	V	X	D	O	E	C
I	F	I	S	A	W	N	U
V	K	V	I	S	U	Z	H
O	J	E	B	G	J	F	P
N	D	Z	Y	M	V	I	S
S	L	O	S	L	I	G	D
V	I	V	E	N	T	E	R
Q	W	M	N	K	P	Q	F
B	T	Y	X	A	H	L	Y

vivre

je ....

tu ....

il / elle / on ....

nous ....

vous ....

ils / elles ....

j'ai ....

b Complète l'invitation avec les verbes au **présent** ou au **futur simple**.

*Das Verb **devenir** wird genauso konjugiert wie **venir**.*

Tous les ans au mois de juin, nous .... (fêter) l'arrivée de l'été avec les visiteurs de notre ferme[1]. Notre fête .... (devenir) plus grande chaque année et cette fois, nous .... (attendre) environ 100 visiteurs.

Présentation de notre ferme

Environ 150 animaux .... (vivre) ici et les plantes les plus diverses .... (pousser) autour de la maison. Nous .... (cultiver) de nombreux fruits et légumes que nous .... (vendre) au marché chaque semaine.

Pendant la journée portes ouvertes, nous vous .... (offrir) des visites guidées de notre ferme et vous .... (pouvoir) voir comment nous .... (vivre). Nous .... (faire) de l'équitation avec les jeunes dans la forêt et pour les visiteurs les plus petits, il y .... (avoir) un parcours de jeux et de découvertes. Si vous .... (venir), vous .... (vivre) une journée spectaculaire avec toute la famille.

1 une ferme ein Bauernhof

1 On y va ensemble? – Das Pronomen *y* → G8 → vor SB, Atelier, Ü5

a Lis les phrases et observe. Quand est-ce qu'on utilise le pronom **y**?

b Améliore *(verbessere)* les phrases. Utilise le pronom **y**.

1. *Noémie:* Tu vas à la fête de David ce soir?
   Enzo: Oui, bien sûr que je vais à la fête de David.

   Enzo: ....

2. *Noémie:* Cool. Et ce midi, tu vas à la crêperie?
   Enzo: Oui, David et moi, nous allons à la crêperie ensemble.

   Enzo: ....

3. *Noémie:* Et cet après-midi, on va au centre-ville pour acheter un cadeau pour David?
   Enzo: Oui, on va au centre-ville en bus?

   Enzo: ....
   Noémie: D'accord.

2 Je n'y vais pas → G8 → nach SB, Atelier, Ü5

a Lis le dialogue et observe. Où est le pronom **y** dans les phrases négatives *(verneinte Sätze)*?

Léonie: Quand est-ce qu'on va au match de foot de Mathéo?
Eva: Moi, je n'**y** vais pas. Mais Zoé et Amina y vont à 17 h.
Léonie: Et toi, tu fais quoi?
Eva: Je vais chez Lisa.
Léonie: Ah, c'est ta cousine, non? Elle habite toujours près de la tour Eiffel?
Eva: Non, elle n'**y** habite plus. Ils ont déménagé dans le 13e arrondissement.

b Lis les phrases et observe. Où est le pronom **y** dans les phrases au **passé composé**, dans la phrase **avec un infinitif** et dans la phrase au **futur composé**?

Léonie: Alors, c'était comment chez ta cousine?
Eva: C'était cool. J'**y** suis allée l'après-midi et j'**y** ai passé toute la soirée. On a discuté et on a beaucoup rigolé. Et toi, tu es allée au match de foot de Mathéo?
Léonie: Non, je n'**y** suis pas allée. Mes grands-parents sont venus chez nous.
Eva: Ah d'accord. Mais son prochain match est déjà samedi. Tu as envie d'**y** aller avec moi?
Léonie: Désolée, je ne peux pas. Amina a deux billets pour le concert de ZAZ. Je vais **y** aller avec elle.

c Le corres de Bilal veut écrire un e-mail. Tu l'aides. Améliore les phrases soulignées *(Verbessere die unterstrichenen Sätze)* dans son e-mail. Utilise le pronom **y**.

e-mail

Salut Bilal,

Ça va? Tu es déjà à Bordeaux avec tes parents? Tu restes à Bordeaux combien de temps?

Moi, ça va bien. Vendredi, je suis allé dans la pizzeria préférée de mon copain. Il mange souvent dans cette pizzeria avec ses parents. Mais je ne vais plus jamais aller dans cette pizzeria. C'est trop cher et je trouve que les pizzas ne sont pas bonnes. Hier, Nora, la fille avec qui on est allés au cinéma en janvier, a fait une fête. Mais moi, je ne suis pas allé à sa fête. Je suis un peu fâché contre elle parce qu'elle rigole toujours avec Paul. ☹

En juillet, quand tu viens à Francfort, il y a un super concert de mon groupe préféré. Si tu veux, on peut aller au concert de mon groupe préféré ensemble.
Ah, et tu peux m'apporter mon jeu vidéo que je t'ai donné la dernière fois? Je pense souvent à mon jeu vidéo, mais j'oublie toujours de te le dire.

A +
Finn

....

....

....

....

....

....

3 Ils vivaient au Maroc – Das imparfait → G13 → nach SB, Atelier, Ü6

a Lis blog de Bilal et surligne *(markiere)* les verbes à **l'imparfait**. Puis complète la carte du verbe **vivre** à **l'imparfait**. Comment est-ce qu'on forme **l'imparfait**?

www.

vivre (imparfait)

je ....

tu vivais

il / elle / on ....

nous ....

vous ....

ils / elles ....

Cet été, je suis allé au Maroc avec mes parents et ma sœur. C'était une très bonne expérience et surtout des super vacances! C'était mon premier voyage au Maroc. Quand mes parents étaient jeunes, ma mère vivait dans un petit village à la campagne avec sa famille et mon père habitait à Marrakech. Plus tard, mes parents sont allés en France pour travailler. Jusqu'à maintenant, je connaissais seulement la famille de ma mère, mais cette fois, nous avons aussi retrouvé les frères et sœurs de mon père et mes cousins. Pendant ces vacances, mes cousins et moi, nous discutions tous les soirs. Pour moi, l'arabe c'est plutôt difficile, parce qu'avec mes parents, on parle presque toujours français. Alors mes cousins et moi, nous parlions français pendant nos soirées ensemble. Mon oncle m'a raconté beaucoup de choses sur le Maroc, sur son histoire, sur la colonisation française en Afrique du Nord, sur l'économie …
Mais c'est passé beaucoup trop vite et je veux bientôt y retourner pour mieux connaître[1] le pays.
Et vous? Est-ce que vous avez toujours vécu en France? Ou est-ce que vous viviez dans un autre pays quand vous étiez petits? Quelle langue est-ce que vous parlez à la maison? Ecrivez des commentaires.

b La famille de Bilal raconte. Complète les phrases avec les verbes à **l'imparfait**.

1. *Mère:* Quand j'.................. (avoir) 23 ans, je .... (vivre) encore au Maroc. Moi et mes frères, on .... (habiter) dans la maison de mes parents.
2. *Bilal:* Mes parents ne .... (vouloir) pas quitter le Maroc, mais ils n'.................. (avoir) pas de travail.
3. *Mère:* Quand vous .... (être) petits, les choses n'.................. (être) pas faciles. Quand tu .... (avoir) un an, nous ne .... (gagner) pas beaucoup d'argent. Nous .... (habiter) dans un petit appartement.

1 **mieux connaître** besser kennenlernen

→

c Trois personnes ont écrit des commentaires sur le blog de Bilal.
Complète les commentaires avec les verbes à **l'imparfait**.

www.

Aya: Quand j'.................................. être petite, je .... vivre en Algérie avec mes parents. Nous sommes venus en France en 2008 et mon père a ouvert un restaurant à Lyon. Quand nous .... habiter à Alger, nous .... parler arabe. Maintenant on parle français et arabe à la maison.

Nora: Mon père est français et ma mère allemande. Autrefois, on .... vivre en Allemagne. Mais quand la mère de mon père est tombée malade[1], mon père a voulu s'occuper d'elle, alors on a déménagé en France. Au début, c'.................................. être difficile pour moi, parce que je ne .... connaître personne. Mais j'ai trouvé plein d'amis ici. Pendant les premières années, nous .... aller en Allemagne presque chaque mois pour retrouver la famille de ma mère et nos copains. Ils me .... manquer beaucoup. Maintenant, je les vois moins souvent, mais on se téléphone et on chatte. Quand nous .... vivre encore en Allemagne, je .... parler souvent français avec mon père. Et depuis qu'on est ici, on ne parle presque jamais allemand.

Ousmane: Mon père est né au Sénégal. Il est venu ici quand il .... avoir 19 ans. Il .... faire des études en sciences politiques à Paris quand il a rencontré ma mère. Elle est d'origine italienne, alors à la maison, on parle surtout français, mais aussi italien. Moi, je suis né à Marseille, mais avant ma naissance[2], mes parents .... habiter et .... travailler à Montpellier. Je vais souvent en Italie. Mais je n'ai jamais visité le Sénégal. Je rêve d'y aller un jour.

---

1 tomber malade krank werden **2 la naissance** die Geburt

Et toi? Où est-ce que tu vivais quand tu étais petit(e)? C'était comment? Ecris au moins trois phrases à l'imparfait.

....

....

....

....

....

4 Tout allait bien, quand tout à coup … – Imparfait und passé composé

→ G14 → vor SB, Atelier, Ü7

a Regarde la photo, lis la phrase et explique. Pourquoi on utilise ici l'**imparfait** et le **passé composé**?

Hier, Ousmane faisait du skate quand tout à coup, il est tombé.

b On utilise l'**imparfait** et le **passé composé** pour parler du passé *(Vergangenheit)*. Regarde les différentes situations. Quand est-ce qu'on utilise l'**imparfait** et quand est-ce qu'on utilise le **passé composé**? Relie *(Verbinde)*.

einmalige Handlungen	**passé composé**	Begleitumstände einer Handlung
Zustände	**imparfait**	plötzlich eintretende Handlung
Gewohnheiten		

5 Passé composé ou imparfait? → G14 → vor SB, Atelier, Ü8

a Ecris le journal intime *(Tagebuch)* de Naïma. Mets les verbes à **l'imparfait** ou au **passé composé**.

1. Samedi dernier, maman et papa – ne pas être là. Ils – vouloir manger dans un restaurant et aller à un concert. Alors moi, je – inviter quelques amis. Mais je – ne rien dire à maman et papa.
2. Lucas et Thomas – venir à 19 h avec quelques copains de leur équipe de foot. Puis, Eva et Leïla – arriver. Mais, oh là là: elles – ne pas être seules. Elles – venir avec 5 copines de la classe!
3. C' – être une super soirée. L'ambiance – être géniale. A 20 h, tout le monde – avoir faim, alors on – commander des grandes pizzas. On – écouter de la musique et on – danser, quand tout à coup, j' – entendre la porte s'ouvrir. Je – penser: «Oh mince!». Le chanteur – être malade et mes parents – rentrer plus tôt. Ils – être vraiment fâchés ☹.

6 Le week-end dernier → G13, G14, G35 → vor SB, Atelier, Ü8

a Relie les pronoms personnels aux formes du verbe **grandir** au **présent** et au **passé composé**. Puis complète la carte du verbe avec les formes de **l'imparfait**.

1. je	grandissons (a)
2. tu	grandis (b)
3. il / elle / on	grandit (c)
4. nous	grandissez (d)
5. vous	grandissent (e)
6. ils / elles	ai grandi (f)
7. j'	grandis (g)

grandir (imparfait)

je ....
tu ....
il / elle / on ....
nous ....
vous ....
ils / elles ....

b Complète les dialogues avec les verbes au **passé composé** ou à **l'imparfait**.

1. *Lucas:* Ah, salut Amélie. Tu .... (partir) ce week-end?
Amélie: Oui, je .... (aller) chez ma tante avec ma mère et ma sœur.
Lucas: Ton père .... (ne pas venir) avec vous?
Amélie: Non, il est en Italie chez mes grands-parents.
Lucas: Ah bon? Tes grands-parents habitent en Italie?
Amélie: Oui. Mais mon père et ses deux frères .... (naître) en France. Quand ils .... (être) jeunes, ils .... (habiter) à Lyon. Plus tard, mon père .... (déménager) à Paris. Mes grands-parents .... (retourner) en Italie il y a deux ans.

2. *Amélie:* Et toi? Qu'est-ce que tu .... (faire) ce week-end?
Lucas: Il y .... (avoir) une fête chez Naïma. J'y .... (aller) avec des copains du foot.
Amélie: Cool. C'.......... (être) comment?
Lucas: Au début, c'.......... (être) super. Beaucoup de mes amis .... (être) là. Mais les parents de Naïma .... (rentrer) plus tôt. On .... (aider) Naïma à ranger le salon, puis on .... (prendre) nos affaires et on .... (vite partir).

1 Il se regarde – Die reflexiven Verben → G11.2 → vor SB, Atelier, Ü1

a Regarde les images et traduis *(übersetze)* les phrases.

1

2

Il regarde un film.

....

Il se regarde.

....

b Lis les phrases encore une fois. Souligne *(unterstreiche)* l'objet dans chaque phrase.

c Complète avec les pronoms réfléchis *(Reflexivpronomen)*, puis relie les phrases.

1. Je ....
2. Tu ....
3. Toute ma famille ....
4. Nous ....
5. Puis, mes parents ....
6. Et toi et ta sœur, vous ....

- habillons vite et nous préparons le petit-déjeuner ensemble. (a)
- préparez comment le matin? (b)
- lève toujours très tôt le matin. (c)
- lèves à quelle heure? (d)
- préparent pour le travail. (e)
- lève vers 6 heures. (f)

2 Ils se préparent → G11.2 → nach SB, Atelier, Ü1

Il y a bientôt une fête au collège. Les élèves ont préparé une pièce de théâtre sur l'époque du Roi-Soleil. Complète leurs dialogues avec les verbes.

*Vor Vokal und stummem h wird **se** zu **s'**: Elle **s'**amuse. Il **s'**habille.*

1. *Lucas:* Alors, la fête du collège, elle commence à quelle heure?

   Léonie: A 10 heures. Mais avant, nous .... (se préparer) une dernière fois pour notre pièce de théâtre. Rendez-vous à 9 heures devant le collège.

   Lucas: Mince, c'est tôt pour un samedi!

   Léonie: Bof. Moi, je .... (se réveiller) souvent tôt le week-end.

   Naïma: Moi, le samedi, je n'arrive jamais à .... (se lever) tôt. Mais ce samedi, ça va être autre chose. Je vais être stressée.

   Léonie: Oui, moi aussi.

2. Samedi, à 9 h 20 au collège …

   Léonie: Ah, regarde, Lucas arrive enfin.

   Lucas: Salut, où sont les autres? Ils .... (se préparer)?

   Léonie: Oui, ils sont dans la salle de classe. Sarah et Zoé .... (se maquiller). Et Noah .... (s'habiller) et .... (se mettre) une perruque.

   Lucas: Quoi? Déjà?

   Léonie: Mais oui, bien sûr! Les spectateurs arrivent bientôt.

3. *Lucas:* Qu'est-ce qu'il y a, Noah?

   Noah: Ben, je suis stressé. Je .... (se demander) combien de spectateurs vont venir.

   Lucas: Reste cool. Tu .... (se préparer) et puis tu .... (s'amuser) un peu sur scène[1]: c'est facile, non?

   Noah: Très marrant! Toi, tu dis ça, mais c'est moi qui joue le Roi-Soleil!

---

1 sur scène auf der Bühne

3 Je ne me lève pas tôt le week-end

→ G11.2 → nach SB, Atelier, Ü2

a Lis la phrase et observe. Où sont les pronoms réfléchis *(Reflexivpronomen)* et les verbes dans les phrases négatives *(in verneinten Sätzen)*?

b Amélie et Noah discutent de leurs habitudes. Mets leurs phrases dans l'ordre.

1. *Noah:* Tu te lèves à quelle heure le week-end?

   Amélie: me · avant 9 heures · jamais · lève · ne · je · .

   Amélie: ....

2. *Amélie:* Tu te couches tard pendant la semaine?

   Noah: couche · me · très tard · pas · non, · je · ne · .

   Noah: ....

3. *Noah:* Toi et tes copines, vous vous maquillez tous les week-ends?

   Amélie: on · non, · pas souvent · ne · maquille · se · .

   Amélie: ....

4 Tu t'es réveillée quand ce matin?

→ G11.2 → nach SB, Atelier, Ü2

a Lis le mini-dialogue et observe. Où sont les pronoms réfléchis *(Reflexivpronomen)* et les verbes dans les phrases au **passé composé** et au **futur composé**?

Bilal: Tu es fatiguée?
Léonie: Oui, je me suis réveillée à 5 h, aujourd'hui. Ce soir, je vais me coucher tôt.

b Regarde le mini-dialogue encore une fois. Avec quel verbe est-ce qu'on forme le **passé composé** des verbes réfléchis *(der reflexiven Verben)*?

Achte auf die Angleichung des ***participe passé*** *bei den Verben im* ***passé composé****.*

c Complète les phrases avec les verbes au **passé composé** ou au **futur composé**.

5 Un nouveau magasin – Die Adjektive *beau / nouveau / vieux* → G9.2

→ nach SB, Atelier, Ü3

a Lis l'affiche et surligne *(markiere)* les formes des adjectifs **beau**, **nouveau** et **vieux**.
Surligne en bleu les formes masculines *(männliche Formen)* et en rouge les formes féminines *(weibliche Formen)*.

UNE NOUVELLE VIE POUR VOS VIEUX VÊTEMENTS DANS NOTRE MAGASIN D'OCCASION[1]!

Vous n'avez plus besoin de votre vieux pantalon ou de vos vieilles chemises, mais vous ne voulez pas les jeter[2] parce que c'est un beau pantalon / des belles chemises? Vous ne voulez plus cette vieille robe, une belle robe que vous n'avez jamais mise? Vos nouvelles chaussures sont trop petites? On vous a offert un nouveau CD ou des nouveaux vêtements, mais vous ne les aimez pas? Vendez-nous vos affaires!

Vous voulez acheter des beaux vêtements ou des belles chaussures, mais vous ne voulez pas payer trop cher? Vous cherchez un vieil album de votre chanteur préféré? Achetez tout ça chez nous.

Venez et découvrez notre magasin: c'est un très bel endroit avec un petit café. Peut-être votre nouvel endroit préféré pour faire du shopping responsable[3]?
Adresse:

1 un magasin d'occasion ein Secondhandladen **2 jeter** wegwerfen **3 le shopping responsable** *hier:* das umweltbewusste Shoppen b Explique la forme des adjectifs **beau**, **nouveau** et **vieux** dans ces exemples.

un **bel** endroit un **nouvel** endroit un **vieil** album

c Quelle est la position des adjectifs **beau**, **nouveau** et **vieux** dans une phrase? *(Welche Stellung haben die Adjektive … im Satz?)* Est-ce que tu connais d'autres adjectifs similaires *(ähnlich)*? Donne au moins trois exemples.

Die Adjektive **beau**, **nouveau** und **vieux** stehen

....

Adjektive mit derselben Stellung im Satz:

....

6 Un voyage à Montpellier

→ G9.2, G9.3 → nach SB, Atelier, Ü3

Falls du Hilfe brauchst, schau dir noch einmal die Formen der Adjektive in Übung 5 an.

a La semaine prochaine, la classe de Léonie va faire un voyage. Complète le programme avec les formes des adjectifs **beau**, **nouveau** et **vieux**.

Une n.............................. expérience vous attend. Vous visiterez une très b..................... ville dans le sud de la France: Montpellier.

Lundi, 26 mai Nous nous retrouverons devant le n.............................. gymnase du collège à 8 h 30. Nous prendrons le métro à 9 h 10 pour aller à la gare.

15 h: arrivée à l'auberge de jeunesse[1] de Montpellier, une v......................... et très b..................... maison dans le centre-ville.

Mardi, 27 mai Le matin, nous visiterons un v......................... château: le château d'O.

A midi, nous ferons un pique-nique près des v......................... fontaines dans le b..................... jardin du château. L'après-midi, nous découvrirons la v..................... ville de Montpellier avec ses v......................... monuments, ses v......................... églises et ses b..................... places.

16 h: visite du musée Fabre

Mercredi, 28 mai 10 h – 18 h: journée sur la b..................... plage du Grand Travers.

Jeudi, 29 mai 8 h 15: retour à Paris en TGV

Prenez vos appareils photo. Nous ferons un b..................... album après notre voyage.

1 **une auberge de jeunesse** eine Jugendherberge

b Après le voyage à Montpellier, Léonie raconte ses expériences à sa famille.
Mets ses phrases dans l'ordre.

1. Nous … mangé dans un … avons … restaurant … beau … marocain … .

....

2. vieille … visité une … On … église … a … magnifique … .

....

3. célèbres … adoré les … J' … monuments … ai … vieux … .

....

4. acheté des … J' … beaux … ai … souvenirs … pas chers … .

....

7 J'aimerais … – Das conditionnel → G18, G35 → vor SB, Atelier, Ü6

a C'est le week-end. Les copains discutent.
Lis le dialogue et surligne *(markiere)* les verbes au **conditionnel**.
Puis complète la carte avec les formes du verbe **chercher**.

Naïma: Qu'est-ce que vous aimeriez faire ce week-end?
Lucas: Thomas et moi, on aimerait regarder le nouveau film avec Omar Sy au ciné vendredi. Tu viens avec nous?
Naïma: Non, je l'ai déjà vu. Mais Eva, Léonie et moi, nous aimerions faire du skate samedi. Vous avez envie de venir avec nous?
Thomas: Oh oui, super!
Lucas: Moi, je ne peux pas. Mon skate est cassé …
Naïma: Tu pourrais prendre le skate de mon frère. Il est chez nos grands-parents samedi. Et il te connaît.
Lucas: C'est vrai? Je pourrais prendre son skate? Waouh, cool. Merci, c'est super sympa! Et Amélie et Bilal, ils viennent aussi?
Naïma: Non, ils aimeraient bien mais ils ne peuvent pas: Bilal est malade et Amélie va à l'anniversaire de son cousin.

chercher (conditionnel)
je ....
tu ....
il / elle / on ....
nous ....
vous ....
ils / elles ....

b Complète les mots croisés avec les verbes au **conditionnel**.

Diese Verben sind unregelmäßig.

1. je: faire
2. nous: envoyer
3. vous: venir
4. ils: être
5. nous: pouvoir
6. elle: devoir
7. tu: aller
8. on: avoir
9. je: vouloir

c Lucas fait du shopping avec son frère et ses parents. Complète leurs dialogues avec les verbes au **conditionnel**.

1. *Père de Lucas:* Alors, on achète la chemise blanche pour toi, Lucas?

   Lucas: Je .... (préférer) la chemise verte. Elle est cool.

   Mère de Lucas: Mais elle est chère. Regarde le prix.

   Lucas: S'il vous plaît …

   Mère de Lucas: Tu .... (pouvoir) utiliser ton argent de poche, non? Comme ça, tu .... (comprendre) mieux le prix des choses … Et nous .... (voir) bien si tu achètes les mêmes choses …

   Lucas: Euh, ce n'est pas sympa …

2. *Lucas:* J'ai hyper faim.

   Julien: Oui, moi aussi. On mange quelque chose?

   Mère de Lucas: Qu'est-ce que vous .... (vouloir) manger?

   Lucas: On .... (pouvoir) aller à la pizzeria «Da Davide». Ce n'est pas loin.

   Père de Lucas: Bonne idée!

   Julien: Bof. J'ai déjà mangé une pizza lundi. Je .... (vouloir) plutôt aller à la crêperie.

   Mère: Et si on allait chez «Gwen et Paolo», c'est une crêperie-pizzeria: Papa et Lucas .... (pouvoir) y manger des pizzas, et nous, des crêpes.

8 S'il faisait beau, j'irais au skatepark – *si*-Sätze → G28.2 → vor SB, Atelier, Ü8

a Regarde les images et lis les phrases. Quand est-ce qu'on utilise les phrases avec l'**imparfait** et le **conditionnel** et quand est-ce qu'on utilise les phrases avec le **présent** et le **futur simple**? Quelle est la différence *(der Unterschied)*?

b Anna et sa famille ont déménagé à Toulouse. Avant, ils habitaient à Paris. Complète les phrases d'Anna avec les verbes à l'**imparfait** ou au **conditionnel**.

*Achte darauf, ob der Hauptsatz oder der Nebensatz (Satz mit **si**) am Anfang steht und entscheide dann, welche Verbform du einsetzen musst.*

1. Si nous .... vivre encore à Paris, je .... sortir souvent avec mes amis.
2. J'.................................. appeler mes copains plus souvent si j'.................................. avoir plus de temps.
3. Si mes amis .... venir à Toulouse, je leur .... montrer ma nouvelle ville.
4. Si Toulouse n'.................................. être pas si loin de Paris, nous .... aller plus souvent à Paris en train.
5. Si ma sœur et moi, on .... pouvoir choisir, nous .... habiter toujours à Paris.
6. Si j'.................................. avoir plus d'argent de poche, je .... prendre le train pour aller à Paris ce week-end.
7. Je .... être encore plus triste si je n'.................................. avoir pas d'amis ici.

c Fais des phrases avec les verbes à l'**imparfait** et au **conditionnel**.

1. *Bilal:* Lucas et moi, on va au ciné ce soir.

   Naïma: je – ne pas être malade, – je – venir avec vous

   Naïma: Si ....

2. *Léonie:* Tu veux faire du shopping avec moi cet après-midi?

   Eva: mes parents – me donner plus d'argent de poche, – je – pouvoir venir avec toi

   Eva: Je ne peux pas … Si ....

   ....

3. *Bilal:* Mince, il pleut.

   Lucas: il – faire beau, – nous – pouvoir aller au lac

   Lucas: Oui, c'est nul. S' ....

4. *Léonie:* On va au parc? Tu demandes aussi à Félix?

   Naïma: je – avoir son numéro, – je – lui demander

   Naïma: Ben, si ....

9 On voudrait jouer au billard

→ G11, G13, G18, G28, G35 → nach SB, Atelier, Ü9

Complète les dialogues avec les verbes au **présent**, à l'**imparfait** ou au **conditionnel**.

1. *Bilal:* Je .... (vouloir) jouer au billard samedi avec quelques copains.

   Tu .... (avoir) envie de venir avec nous?

   Noah: J'.................... (aimer) bien, mais je ne .... (pouvoir) pas. Samedi, c'est l'anniversaire de ma sœur. Si je n'.................... (être) pas là pour sa fête, elle .... (être) trop fâchée contre moi.

2. *Mère de Zoé:* Zoé? Tu es où?

   Zoé: Ici! Je .... (s'habiller) et je .... (se maquiller) pour la fête d'Eva.

   Mère: N'oublie pas qu'on va chez tante Valérie demain matin. Tu ne .... (rentrer) pas trop tard, d'accord? Nous .... (se lever) à 7 h.

   Zoé: Oh non! Si on .... (aller) chez tante Valérie le week-end prochain, ce .... (être) mieux, je .... (pouvoir) dormir demain …

   Mère: Pas question.

   Zoé: O.K., O.K. J'ai compris. Je ne .... (se coucher) pas trop tard ce soir …

1 J'écoute souvent cette chanson – Die Adverbien

→ G33.1 → vor SB, Atelier, Ü3

a Lis les phrases et observe. Quelle est la fonction *(die Funktion)* des adverbes?

b Complète les dialogues avec les adverbes.

toujours **vite** **souvent** **demain** **ici** **maintenant** **encore** **plutôt**

1. *Naïma:* On va à la piscine ....?

   Léonie: Bof. Je suis .... allée à la piscine ces dernières semaines. J'aimerais .... faire du shopping.

   Naïma: D'accord, pourquoi pas. Je demande aussi à Eva.

2. Le lendemain, dans le centre-ville.

   Léonie: Où est Eva? Elle ne vient pas?

   Naïma: Si. Mais tu la connais. Elle arrive .... en retard. Attends, je vais .... l'appeler. …

   Naïma: Allô, Eva? Tu es .... à la maison? … On est devant la Fnac. … Quoi? … Oh non. … D'accord. … On t'attend ....

   Léonie: Qu'est-ce qu'il y a?

   Naïma: Eva n'a pas pu partir plus tôt, elle a dû ranger sa chambre. Mais elle prend le bus ....

   Léonie: D'accord.

c Parfois, un adverbe peut complètement changer le sens *(die Bedeutung)* d'une phrase. Regarde les images, lis les phrases et explique la différence *(den Unterschied)*.

1

Il a perdu l'équilibre.

2

Il a **presque** perdu l'équilibre.

2 Heureusement, c'est vendredi demain → G33.2 → nach SB, Atelier, Ü3

a Lis le chat entre Alicia et Kenza et surligne *(markiere)* les adjectifs en vert et les adverbes en jaune.

Coucou Kenza, qu'est-ce que tu fais? Aujourd'hui je suis seule à la maison. Mes parents sont sortis et ils rentrent seulement à 22 heures. Tu veux venir chez moi?

Salut! J'aimerais bien mais je n'ai pas encore fait mes devoirs 😟 Heureusement, c'est vendredi demain.

Oui! Et tu sais quoi? Je sors avec Thomas ce week-end. Je suis super heureuse! 😍

👍🙂

b Complète.

Bildung der Adverbien, die auf -ment enden:

....

c Complète le tableau.

*Eine Ausnahme ist das Adverb vrai**ment**. Es wird aus der männlichen Form des Adjektivs + **-ment** gebildet.*

forme masculine de l'adjectif	forme féminine de l'adjectif	adverbe
1. bizarre	....	....
2. généreux	....	....
3. timide	....	....
4. discret	....	....

d Complète l'e-mail avec les adverbes correspondant aux adjectifs.

normal | bête | difficile | complet | tranquille | facile | vrai

e-mail

Coucou Samuel,

J'ai .... oublié ton dernier e-mail. Je suis désolé.

Je suis trop stressé. La semaine dernière, j'ai fait du vélo avec mon père et il est tombé .... Maintenant, il peut .... marcher. Ma mère a trop de travail en ce moment, alors mon frère et moi, nous devons souvent aider à la maison. ...., ce sont mes parents qui font les courses et qui préparent les repas, mais maintenant mon frère et moi, nous devons faire tout ça … 😓

Mais j'ai encore autre chose à te raconter: le week-end dernier, j'avais rendez-vous avec Alicia et c'était .... super cool avec elle. On sort ensemble maintenant. 🙂

Tu vois? Beaucoup de choses se passent ici, alors j'oublie .... de répondre à mes e-mails.

Et toi? Ça va? Ta semaine s'est passée ....?

A+

Thomas

3 Avez-vous une table pour deux personnes? – Der Fragesatz → G30

→ nach SB, Atelier, Ü4

a Lis les phrases et explique les différentes formes des questions.

b Quelle est la différence entre les situations 1–3 et la situation 4? Quand est-ce qu'on peut utiliser la question par inversion *(die Inversionsfrage)* comme dans la situation 4?

c Eva est dans un restaurant avec sa famille. Mets les mots de leurs questions dans l'ordre. N'oublie pas le trait d'union *(Bindestrich)*.

1. une table · vous · quatre personnes · pour · avez · ?

Avez-vous une table pour quatre personnes?

2. vous · la carte · pouvez · nous apporter · ?

....

3. des pizzas · servez · vous · ?

....

4. vous · les pizzas · préparez · frais · avec des légumes · ?

....

d Tu es à Strasbourg avec ta famille. Tu poses des questions à un monsieur qui travaille dans votre hôtel. Transforme les questions *(Formuliere die Fragen um)*.

> *Wenn bei der Inversionsfrage zwei Vokale aufeinanderfolgen, schiebt man **-t-** ein: Comment s'appelle-t-il?*

1. Est-ce que vous connaissez un bon restaurant pas cher?

Connaissez-vous un bon restaurant pas cher? ....

2. Est-ce que vous savez quand il y a un bus pour la Petite France?

....

3. Quels monuments est-ce qu'on peut visiter à pied?

....

4. Est-ce qu'il y a une station de tram près de l'hôtel?

....

5. Quand est-ce qu'on peut visiter la cathédrale?

....

4 Une interview pour le journal du collège → G30 → nach SB, Atelier, Ü4

Tu dois faire une interview avec trois de vos corres français pour le journal *(Zeitung)* de votre collège. Pour le journal, tu choisis les questions par inversion. Fais des questions.

Tu poses des questions à Thomas:

1. tu … aller … au collège … comment

Comment vas-tu au collège? ....

2. retrouver … quand … tu … tes amis

....

Tu poses des questions à Alicia et Kenza:

3. langues … quelles … au collège … vous … apprendre

....

4. écouter … quelle … musique … vous

....

5 Demande à Eva. Elle sait … – Das Verb *savoir* → G35 → vor SB, Atelier, Ü5

a Eva, Bilal, Lucas et Naïma discutent. Relie *(Verbinde)* leurs phrases.

1. *Eva:* Tu	sait. (a)
2. *Lucas:* Non, je	savez quand le tournoi commence? (b)
3. Mais demande à Bilal. Il	sais quand le tournoi de ping-pong commence? (c)
4. *Eva:* Eh, Bilal et Naïma, vous	ne sais pas. Je n'y vais pas. (d)
5. *Bilal:* Oui, bien sûr que nous	savent que nous y allons? (e)
6. *Eva:* O.K. Et David et Max? Ils	savons. Il commence à 15 heures. (f)

b Trie *(Sortiere)* les formes du verbe **savoir**.

j'ai su · **il saura** · **nous savions** · **je saurais** · **elles sauront** · **elles ont su** · **tu sauras** · **elle savait** · **ils sauraient** · **nous saurions** · **ils savaient** · **vous saurez** · **vous saviez** · **vous sauriez** · **je saurai**

imparfait	passé composé	futur simple	conditionnel
…………	…………	…………	…………
…………	…………	…………	…………
…………	…………	…………	…………
…………	…………	…………	…………
…………	…………	…………	…………

c Complète le dialogue avec les formes du verbe **savoir**.

Lou: Vous .... quoi? Alicia et Thomas sortent ensemble depuis la semaine dernière.

Jules: Oui, moi je ....

Timéo: Moi aussi.

Elise: Quoi? Vous le .... d'où?

Jules: Ben, je discute souvent avec Thomas et il me l'a raconté.

Lou: Moi, j'ai chatté avec Alicia.

Elise: Comment ça? Tout le monde le .... et pas moi?

Lou: Reste cool. Les autres copains de la classe ne le .... sûrement[1] pas encore.

6 Tu sais faire du skate? → G35 → nach SB, Atelier, Ü5

a Lis le dialogue et traduis **les phrases avec pouvoir et / ou savoir**. Qu'est-ce que tu remarques? *(Was stellst du fest?)* Comment as-tu traduit **savoir** et **pouvoir**?

Eva: **Tu <u>sais</u> faire du skate?**
Lou: Oui, pourquoi?
Eva: Bilal a acheté un skate et nous voulons l'essayer cet après-midi. Tu viens au parc avec nous?
Lou: **Mais tu <u>sais</u> bien que je ne <u>peux</u> pas aujourd'hui.** Je dois préparer ma présentation d'histoire-géo.

savoir: 1. ...., 2. .... **pouvoir:** ....

b Vos corres français sont chez vous en Allemagne. Tu discutes avec ta corres.
Fais des phrases et utilise **savoir** ou **pouvoir**.

1. Du fragst sie, ob sie Tischtennis spielen kann.

....

2. Sie bejaht und sagt, dass sie das gerne macht. Du sagst, dass ihr, wenn sie möchte, morgen Tischtennis spielen könnt.

....

3. Sie ist einverstanden. Sie erzählt dir, dass sie heute Abend mit ihren Freunden aus der Klasse im Kino verabredet ist, sie aber nicht weiß, wie sie dorthin kommt. Du hast Zeit und sagst, dass du ihr den Weg zeigen kannst.

....

1 **sûrement** sicherlich

4. Sie erzählt dir dann, dass ihr Vater aus Italien kommt. Du fragst sie, ob sie Italienisch sprechen kann.

....

5. Sie bejaht und fragt, ob du außer Deutsch und Französisch noch andere Sprachen sprichst. Du nennst ihr die Sprachen, die du sprechen kannst.

....

6. Sie fragt dich, was ihr am Wochenende macht. Du sagst, dass ihr auf ein Konzert gehen könnt.

....

7 Il faut qu'on visite ... – Der subjonctif → G19 → vor SB, Atelier, Ü8

a Dans huit semaines, Hugo va visiter Strasbourg avec sa classe. Lis le dialogue et souligne *(unterstreiche)* les verbes au **subjonctif**. Puis complète la carte du verbe **visiter** au **subjonctif**.

Prof: Alors, pour notre voyage à Strasbourg, il faut que je réserve des chambres dans une auberge de jeunesse[1] et je voudrais que nous préparions un programme.
Hugo: Moi, j'aimerais qu'on visite la Petite France.
Amélie: Moi, je préfère que nous visitions le Parlement européen.
Lisa: Je propose qu'on mange dans un restaurant alsacien.
Prof: Attendez, pas si vite. On fait deux groupes et j'aimerais que vous écriviez une liste avec vos idées. Je propose que les élèves du premier groupe cherchent des informations sur les monuments et lieux à visiter et que les élèves du deuxième groupe préparent une liste d'auberges de jeunesse et de restaurants.

visiter (subjonctif)
... que je ....
... que tu visites
... qu'il / elle / on ....
... que nous ....
... que vous ....
... qu'ils / elles ....

b Relis le dialogue *(Lies den Dialog noch einmal)*.
Quelles expressions *(Ausdrücke)* est-ce qu'on utilise avant le subjonctif?

....

....

1 **une auberge de jeunesse** eine Jugendherberge

c Complète avec les formes des verbes.

1. je vais .... (indicatif)
   ... que j'**aille** (subjonctif)
2. tu **veux** (indicatif)
   ... que tu .... (subjonctif)
3. il .... (indicatif)
   ... qu'il **soit** (subjonctif)
4. nous **avons** (indicatif)
   ... que nous .... (subjonctif)
5. vous .... (indicatif)
   ... que vous **fassiez** (subjonctif)
6. elles **peuvent** (indicatif)
   ... qu'elles .... (subjonctif)

d Complète les idées des élèves.

faire | aller | sortir | préparer | manger

1. Il faut que nous .... au Parlement européen.
2. Nous aimerions que le groupe .... dans un restaurant typique.
3. Nous proposons que tous les élèves de la classe .... une petite présentation sur Strasbourg.
4. Notre groupe propose que toute la classe .... une balade en bateau.
5. Je propose qu'on .... tous les soirs!

8 Il faut que tu lui parles → G19, G35 → nach SB, Atelier, Ü8

a Complète avec les verbes au **subjonctif**.

www.

Tim05 J'ai un problème. Mon meilleur copain m'a donné son jeu vidéo pour quelques jours et ma petite sœur l'a cassé. Il faut que je lui .... (acheter) un nouveau jeu, mais je n'ai pas beaucoup d'argent de poche. Qu'est-ce que je peux faire?

Marco_xxy A mon avis, c'est important que tu .... (parler) à ton copain. Il faut qu'il .... (savoir) pourquoi tu ne peux pas lui redonner[1] son jeu.

Paul Il faut que ta sœur .... (payer) le nouveau jeu vidéo. Toi, tu n'as rien fait!

Tim05 C'est vrai que je n'ai rien fait, mais il faut que vous .... (savoir) que ma sœur a seulement 5 ans. Elle ne l'a pas fait exprès.

Lucie_lune Moi, je propose que tu .... (demander) à tes parents s'ils peuvent te donner un peu d'argent. Si ta sœur est encore trop petite, il faut que tes parents t'................................ (aider).

1 **redonner** zurückgeben

b Donne des conseils *(Ratschläge)*. Utilise **Il faut que ...** et **Je propose que ...** et mets les verbes au **subjonctif**.

1. *Mia:* «Je trouve que ma meilleure copine est bizarre en ce moment. Elle ne m'a même pas invitée à son anniversaire. Qu'est-ce que je dois faire?»

   demander à ta copine si elle est fâchée contre toi:

   ....

2. *Luc:* «Mon copain et moi, nous avons trouvé des clés au gymnase. Qu'est-ce que nous devons faire?»

   le raconter à vos profs: ....

3. *Sara:* «Mon frère a perdu la tablette de ma mère. Il ne sait pas quoi faire.»

   le dire à votre mère: ....

9 Il faut qu'on révise pour l'interro

→ G35, G19 → nach SB, Atelier, Ü8

a Relie *(Verbinde)* les pronoms personnels aux formes du verbe **traduire**.
Puis complète la carte du verbe au **subjonctif**.

1. je ○	○ traduisons (a)
2. tu ○	○ traduit (b)
3. il / elle / on ○	○ traduis (c)
4. nous ○	○ traduisez (d)
5. vous ○	○ traduisent (e)
6. ils / elles ○	○ ai traduit (f)
7. j' ○	○ traduis (g)

traduire (subjonctif)
... que je ....
... que tu ....
... qu'il / elle / on ....
... que nous ....
... que vous ....
... qu'ils / elles ....

b Complète les mini-dialogues avec les verbes.

*Zwei Verben müssen im **subjonctif** stehen.*

1. *Lucas:* Tu .... (savoir) si on .... (avoir) des devoirs en anglais pour lundi?

   Léonie: Oui, il faut qu'on .... (traduire) un texte. Attends, je te le .... (montrer) …

2. *Lucas:* Tu .... (aller) à la fête de Max ce week-end?

   Léonie: Non, je ne .... (pouvoir) pas. Nous .... (rendre) visite à mes grands-parents dimanche.

   Lucas: Et qu'est-ce que tu .... (faire) samedi?

   Léonie: Samedi, Naïma .... (venir) chez moi. Il faut que nous .... (réviser) pour l'interro de maths. Mais nous .... (pouvoir) faire quelque chose ensemble le week-end prochain.

Du hast in Band 4 wieder viele neue Verben und Verbformen kennengelernt. Welche Formen kannst du dir noch nicht so gut merken? Schau sie dir noch einmal an:
Verben im **futur simple:** L1, Ü1
Verben im **imparfait:** L2, Ü3
reflexive Verben: L3, Ü1 – 4
Verben im **conditionnel:** L3, Ü7
Verben im **subjonctif:** L4, Ü7
vivre: L1, Ü8
grandir: L2, Ü6
savoir: L4, Ü5
traduire: L4, Ü9

Diese Formen konnte ich mir gut merken:

....

....

....

Diese Formen kann ich mir noch nicht so gut merken:

....

....

....

....

1 La tente est montée – Der Passivsatz → *G32 → nach SB, Extra 1, Ü7

a Lis les phrases. Souligne le sujet en vert dans la phrase 1. Que devient-il dans la phrase 2?

Elise monte la tente.

La tente est montée (par Elise).

b Regarde les photos encore une fois, relis les phrases *(lies die Sätze noch einmal)* et explique. Quand est-ce qu'on utilise la forme passive *(den Passivsatz)*?

c Explique la terminaison *(die Endung)* du **participe passé** dans la deuxième phrase.

d Complète les phrases avec les terminaisons *(mit den Endungen)* des **participes passés**.

1. Elise et sa copine sont invit.................. à faire du canoë par un copain d'Elise.
2. Les canoës sont prépar...................
3. La tente est mont...................
4. Le soir, le repas est prépar.................. par les copains.

2 L'anniversaire de Loïc → *G32 → nach SB, Extra 1, Ü8

a Aujourd'hui, c'est l'anniversaire de Loïc. Toute la famille a aidé à préparer la fête. Relie *(Verbinde)* les phrases.

1. Les copains ◯	◯ ont été préparées par le père de Loïc. (a)
2. Le salon ◯	◯ a été ouverte par la sœur de Loïc. (b)
3. La porte ◯	◯ a été rangé par le frère de Loïc. (c)
4. Les pizzas ◯	◯ ont été invités par Loïc. (d)

b Ecris les phrases à la forme passive *(in der passiven Form).*

Vergiss nicht, das ***participe passé*** *anzugleichen.*

1. Les parents de Loïc ont fait le gâteau d'anniversaire.

....

2. Le frère de Loïc a choisi la musique pour la fête.

....

3. Les copains ont mangé toutes les pizzas.

....

3 La semaine des pays francophones → *G32 → nach SB, Extra 1, Ü8

Au collège, il y aura bientôt une semaine des pays francophones. Lis la lettre aux parents et transforme les phrases soulignées *(formuliere die unterstrichenen Sätze um)*. Utilise la forme passive *(den Passivsatz)*.

Das Subjekt der aktiven Form kann in der passiven Form durch ***par …*** *angehängt werden. Wenn das Subjekt in der aktiven Form* ***on*** *(im Sinne von „man") ist, entfällt die Ergänzung mit* ***par …*** *.*

Pendant notre semaine des pays francophones, les élèves pourront découvrir différents pays où on parle français. Lundi, à 10 heures, il y aura un parcours de découvertes. Les élèves de 3e organiseront ce parcours.
Mardi, le collège organisera une soirée film pour tous les élèves. On présentera un documentaire[1] sur le rôle de la langue française dans le monde.
Mercredi et jeudi, les élèves travailleront en petits groupes. On préparera des présentations sur différents pays francophones.
Vendredi, le collège ouvrira ses portes aux parents. Les élèves leur montreront les résultats de la semaine des pays francophones. Vendredi soir, il y aura une fête avec un grand buffet. Les élèves de 4e vendront des spécialités de différents pays et régions.

Ce parcours sera organisé par les élèves de 3e.

....

....

....

....

1 **un documentaire** ein Dokumentarfilm

4 Elle écoute de la musique en préparant le repas – Das gérondif →*G22

→ nach SB, Extra 1, Ü9

a Regarde les photos, lis les phrases et explique. Quand est-ce qu'on utilise le **gérondif**?

Elle écoute de la musique **en préparant** le repas.

Il prépare sa présentation **en cherchant** des informations sur Internet.

b Traduis *(Übersetze)* les phrases.

1. ....

2. ....

c Lis le dialogue et observe. Comment est-ce qu'on forme le **gérondif**?

Lucas: Devine quoi![1] Hier, en **allant** au collège, j'ai rencontré Yanis. Il attendait le bus en **mangeant** un sandwich.
Paul: Quoi? Mais il a déménagé à Berlin avec sa famille, non?
Lucas: Oui. Mais il passe les vacances chez ses grands-parents.

5 C'est le stress! →*G22 → nach SB, Extra 1, Ü9

Ce matin, c'est le stress chez Léonie: tout le monde fait plusieurs choses en même temps. Transforme les phrases *(Formuliere die Sätze um)* en utilisant le **gérondif**.

1. Lola répond au téléphone et prépare son sac.

....

2. Le père de Léonie prépare ses affaires et aide Léonie avec ses devoirs.

....

3. La mère de Léonie cherche ses clés et met son manteau.

....

1 **Devine quoi!** Rate mal!

6 Qu'est-ce qu'ils font? → *G22 → nach SB, Extra 1, Ü9

Décris les photos en utilisant le **gérondif**.

écouter de la musique – chatter avec sa copine

manger – lire un livre

rigoler – regarder des photos

préparer l'interro – réviser ensemble

1 Ils avaient attendu pendant une heure – Das plus-que-parfait → *G15

→ vor SB, Extra 2, Ü6

a Regarde la photo et fais attention aux temps. Puis, complète la phrase.

A 17 heures, le bus **est** enfin **arrivé**. Les touristes **avaient attendu** pendant une heure.

Das **passé composé** verwendet man, um über Handlungen und Ereignisse in der Vergangenheit zu sprechen. Das **plus-que-parfait** verwendet man,

....

....

b Lis le dialogue et explique. Comment est-ce qu'on forme le **plus-que-parfait**? Explique la forme du verbe **aller** dans ce dialogue.

Léonie: Hier midi, j'ai fait un pique-nique au parc avec Loïc et ses copains.
Naïma: Ah bon? Tu n'as pas retrouvé Eva hier?
Léonie: Si, elle est venue au parc aussi, mais plus tard. On **avait décidé** de jouer au ping-pong à 3 h. Le midi, elle a déjeuné avec sa tante dans un nouveau restaurant de burgers où elle n'**était** jamais **allée**. Puis elle est venue au parc avec des raquettes pour tout le monde, on a pu jouer tous ensemble.
Naïma: Cool.

c Léonie raconte. Complète ses phrases au **plus-que-parfait**.

préparer | aller | jouer | présenter

1. Hier j'ai pique-niqué avec Loïc, Marco et Laura. Je connaissais déjà les copains de Loïc: il m'.................. déjà .... Marco et Laura un mois plus tôt.
2. On a beaucoup mangé. Loïc .... des super sandwichs.
3. Laura nous a montré des photos de son voyage en Martinique. C'était son premier voyage aux Antilles, elle n'y .... jamais .... avant.
4. Quand je suis rentrée, j'étais fatiguée. On .... au ping-pong pendant deux heures!

2 J'avais complètement oublié → *G15 → nach SB, Extra 2, Ü6

a Lis le dialogue et surligne *(markiere)* les différents temps. Puis, complète le schéma.

Mère de Lucas: Tu as déjà rangé ta chambre?
Lucas: Euh, non, pourquoi?
Mère de Lucas: Mais Lucas, tu as oublié? Je t'avais déjà dit le week-end dernier de ranger ta chambre. Mamie et papi vont venir à la maison demain midi.
Lucas: Oh oui. J'avais complètement oublié. Mais aujourd'hui je ne peux pas. Je sors avec Bilal. Je vais ranger ma chambre demain matin.
Mère: Bon, d'accord.

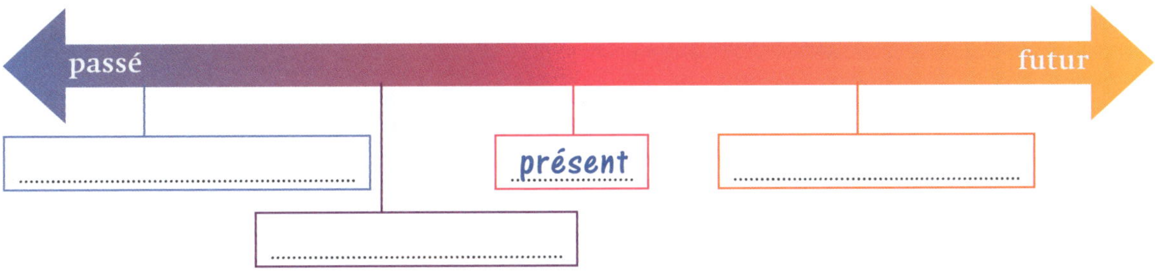

b Complète les dialogues avec les verbes au **passé composé** ou au **plus-que-parfait**.

1. *Noah:* Eh, Thomas, pourquoi tu .... (ne pas venir) à la piscine avec nous samedi après-midi?

   Thomas: Samedi, je .... (rester) à la maison. Vendredi, mon père m'.............................. (demander) de rester avec lui samedi pour l'aider. Je suis désolé.

   Noah: Mais je t'.............................. (appeler). Pourquoi est-ce que tu .... (ne pas répondre) au téléphone?

   Thomas: Ben, je .... (ne pas pouvoir) répondre parce que j'.............................. (oublier) mon portable chez Alicia.

   Noah: Mince.

2. *Thomas:* Alors, c'était comment?

   Noah: Super! Samuel, Loïc et moi, on .... bien .... (rigoler).

   Thomas: Naïma était là aussi?

   Noah: Non, elle .... (ne pas pouvoir) venir avec nous. Elle .... (aller) chez le médecin parce qu'elle .... (tomber) en cours d'EPS. Samedi matin, elle avait encore mal.

   Thomas: Oh non! Elle va mieux maintenant?[1]

   Noah: Oui, elle m'.............................. (écrire) un message hier.

1 **Elle va mieux maintenant?** Geht es ihr jetzt besser?

3 Elle est en train de plonger – être en train de … / venir de … → *G23

→ vor SB, Extra 2, Ü7

a Regarde les images et traduis *(übersetze)* les phrases.

1

Elle **est en train de** plonger dans l'eau.

……………………………………………

2

Il **vient de** faire du foot.

……………………………………………

b Décris les photos. Utilise **être en train de** ou **venir de**.

faire les courses | danser | gagner un match | prendre des photos

1

……………………………………………

2

……………………………………………

3

……………………………………………

4

……………………………………………

4 *Etre en train de … ou venir de …?* → *G23 → nach SB, Extra 2, Ü7

Complète les mini-dialogues avec **être en train de …** ou **venir de …**

1. *Thomas:* Demain, c'est la fête d'anniversaire de Lucas. Tu as déjà un cadeau?

   Bilal: Oui, c'est fait, regarde. Je .... (acheter) un t-shirt de foot.

2. *Mère de Lucas:* Oh, là là, tu as l'air crevé.

   Lucas: Oui, c'est parce que je .... (faire) deux heures de basket.

3. *Père de Léonie:* Tu m'aides à préparer le repas?

   Léonie: Je ne peux pas. Je .... (réviser) pour mon interro de maths.

4. *Bilal:* Tu as déjà demandé à Amélie si elle veut venir à la crêperie avec nous?

   Thomas: Chut! Je .... (l'appeler).

5. *Léonie:* C'est un bon livre?

   Bilal: Oui. Je peux te le donner si tu veux. Je .... (le finir).

5 Au téléphone avec ton cousin français → *G23 → nach SB, Extra 2, Ü7

Du telefonierst mit deinem Cousin aus Frankreich. Formuliere Sätze auf Französisch und benutze **être en train de …** oder **venir de …**

1. Dein Cousin fragt dich, was du machst. Du antwortest, dass du gerade Badminton gespielt hast und jetzt deine Hausaufgaben machst.

   ....

2. Dein Cousin möchte wissen, ob deine Eltern auch zuhause sind. Du antwortest, dass sie gerade dabei sind, einzukaufen.

   ....

3. Nachdem ihr eine Weile telefoniert habt, möchte dein Cousin mit deiner Schwester sprechen. Du antwortest, dass sie gerade nach Hause gekommen ist.

   ....

1 Tu en veux? – Das Pronomen *en*

→ *G8 → nach SB, Extra 3, Ü4

a Tu connais déjà le pronom **y**. Tu te souviens de son utilisation? *(Erinnerst du dich an seine Verwendung?)* Regarde le mini-dialogue et explique.

Léonie: Tu es déjà allée à la nouvelle piscine près du collège?
Eva: Non, mais si tu veux, on peut **y** aller ensemble ce week-end.

b Lis le chat et explique. Pourquoi est-ce qu'on utilise le pronom **en**?

On fait quelque chose ensemble demain après-midi?

Je ne peux pas. J'ai un cours de hip-hop.

Tu fais **du hip-hop**?

Oui, j'**en** fais depuis deux semaines. C'est cool 👍

Ça m'intéresse! Tu peux me parler un peu plus **du cours**? C'est qui le prof? C'est difficile?

Je dois y aller, je t'**en** parle plus jeudi!

c Complète.

Das Pronomen **y** ersetzt .... + Nomen. Das Pronomen **en** ersetzt .... + Nomen.

d Lis les mini-dialogues et améliore *(verbessere)* les réponses. Utilise le pronom **en**.

1. *Lucas:* Tu veux de la pizza?
   Amélie: Non, merci. Je ne veux plus de pizza.
   Amélie: ....
2. *Noah:* Tu fais du ping-pong?
   Bilal: Oui, je fais du ping-pong depuis deux ans.
   Bilal: ....
3. *Eva:* Tu veux des cacahuètes?
   Thomas: Oh oui, je veux bien des cacahuètes.
   Thomas: ....

2 Tu en es revenue quand? → *G8 → nach SB, Extra 3, Ü4

Aya a passé une semaine en Allemagne chez sa tante. Après, elle discute avec Loïc.
Mets les mots des réponses d'Aya dans le bon ordre.

1. *Loïc:* Ah, salut, Aya. Vous êtes déjà revenus de Munich?

   Aya: nous … Oui, … en … vendredi … revenus … sommes … .

   Aya: ……………………………………………

2. *Loïc:* Il y a plein de monuments à Munich, non?

   Aya: beaucoup … a … Oui, … visité … en … on … .

   Aya: ……………………………………………

3. *Loïc:* Vous avez goûté des spécialités allemandes?

   Aya: en … Oui, … ma tante … préparé … a … pour nous … .

   Aya: ……………………………………………

4. *Loïc:* Vous avez fait des photos?

   Aya: je … montrer … vais … en … t' … demain … Oui, … .

   Aya: ……………………………………………

5. *Loïc:* Tu as écrit des cartes?

   Aya: Non, je … pas … envie … en … n' … avais … .

   Aya: ……………………………………………

3 *Y* ou *en*? → *G8 → nach SB, Extra 3, Ü4

Complète les mini-dialogues avec **y** ou **en**.

1. *Elyas:* Vous partez où en vacances?

   Sarah: En Guadeloupe. Mes parents ………… rêvent depuis longtemps.

2. *Louise:* Tu vas où?

   Paul: Au parc. J'………… fais de la slackline avec un copain.

3. *Chloé:* N'oublie pas qu'on a rendez-vous avec Elyas et Sarah demain soir pour réviser l'histoire-géo.

   Olivia: Oui, j'………… pense.

4. *Soline:* Tu veux du gâteau?

   Léandre: Oui, j'………… veux bien, merci.

Leçon 1

1 J'arriverai à 18 heures

a Das **futur simple** der regelmäßigen Verben bildet man, indem man an den Infinitiv die Endungen **-ai**, **-as**, **-a**, **-ons**, **-ez**, **-ont** anhängt.

b

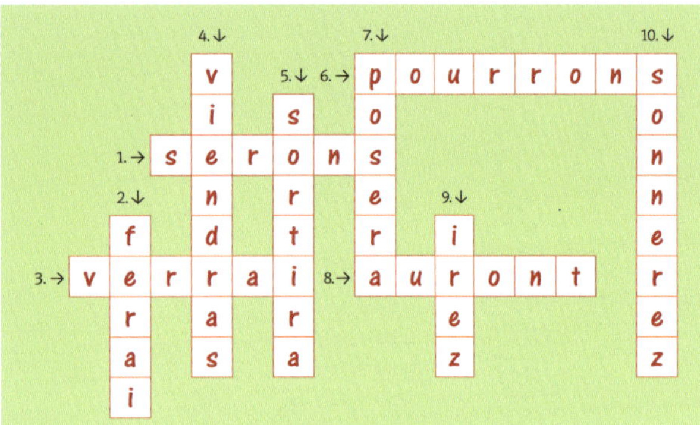

c présenterai – ira – fera – pourras – aura – ira – sera – viendront – appellerez – serez – préparerons – dormiras – restera

2 Si tu sors ce week-end, tu m'appelleras?

a Hauptsatz: futur simple
Nebensatz: si + présent

b – veulent, mangerons
– irons, fait
– a, montrerai
– fera, pleut

3 S'il fait beau, j'irai à la plage

1. vient – irons
2. part – fera
3. sont – organiserai
4. fais – inviteras
5. invite – seront

4 Un voyage en Allemagne

1. Si tu viens en Allemagne, (est-ce que) tu iras à Berlin?
2. Est-ce que tu visiteras la porte de Brandebourg si tu vas à Berlin?
3. Qu'est-ce que vous ferez s'il ne fait pas beau?

5 La valise est plus grande que ...

a grandes – petite – stressées – amoureux – long – clair – exotiques – martiniquaises – jalouse

b Man benutzt **plus ... que**, **moins ... que** und **aussi ... que**, um Vergleiche anzustellen.
1. plus grande que = größer als ↗
2. moins grand que = weniger groß als (kleiner) ↘
3. aussi grand que = genauso groß wie ⟷

Die Adjektive werden an das Bezugswort (Nomen) angeglichen.

c
1. plus longue que
2. moins chère que
3. aussi chère que
4. plus grandes que
5. moins chères que
6. plus petit que

d plus cher que – plus petit que
aussi grande que – moins chère que

6 Le volcan le plus haut de France, c'est ...

a Der Superlativ wird folgendermaßen gebildet:
le / la / les + Nomen + **le / la / les** + **plus / moins** + Adjektiv (angeglichen)

b
1. la plus grande
2. le plus haut – la plus haute
3. les plus importantes – la plus chaude – la moins chaude – le plus violent – les moins touristiques – la plus parlée – les plus connus

7 L'appartement le plus cher, c'est ...

1. plus chère que
2. le plus grand
3. plus petits que
4. la plus petite
5. plus petit que
6. les moins grandes
7. aussi grande que
8. moins grande que

8 Journée portes ouvertes

a

V	I	R	A	Z	L	B	V
O	K	L	B	N	D	F	É
V	C	V	X	D	O	E	C
I	F	I	S	A	W	N	U
V	K	V	I	S	U	Z	H
O	J	E	B	G	J	F	P
N	D	Z	Y	M	V	I	S
S	L	O	S	L	I	G	D
V	I	V	E	N	T	E	R
Q	W	M	N	K	P	Q	F
B	T	Y	X	A	H	L	Y

vivre: je **vis**, tu **vis**, il / elle / on **vit**, nous **vivons**, vous **vivez**, ils / elles **vivent**, j'**ai vécu**

b fêtons – devient – attendons
vivent – poussent – cultivons – vendons
offrirons – pourrez – vivons – ferons – aura – venez – vivrez

Leçon 2

1 On y va ensemble?

a Man verwendet das Pronomen **y**, um Wiederholungen zu vermeiden. Es wird vor allem für Ortsangaben verwendet (**à** + Nomen).

b 1. Oui, bien sûr que j'y vais.
2. Oui, David et moi, nous y allons ensemble.
3. Oui. On y va en bus?

2 Je n'y vais pas

a In verneinten Sätzen steht das Pronomen **y** zwischen **ne / n'** und der konjugierten Form des Verbs.

b In bejahten Sätzen im **passé composé** steht das Pronomen **y** zwischen dem Personalpronomen und der konjugierten Form von **avoir** (oder **être**).
In **Infinitivsätzen** steht das Pronomen **y** vor dem Infinitiv.
In bejahten Sätzen im **futur simple** steht das Pronomen **y** zwischen der konjugierten Form des Verbs **aller** und dem Infinitiv.

c Tu y restes combien de temps?
Il y mange souvent avec ses parents.
Mais je ne vais plus jamais y aller.
Mais moi, je n'y suis pas allé.
Si tu veux, on peut y aller ensemble.
J'y pense souvent.

3 Ils vivaient au Maroc

a était – était – étaient – vivait – habitait – connaissais – discutions – parlions – viviez – étiez
vivre (imparfait): je **vivais**, tu vivais, il / elle / on **vivait**, nous **vivions**, vous **viviez**, ils / elles **vivaient**
Das **imparfait** wird von der ersten Person Plural des Verbs im Präsens abgeleitet. Die Endungen lauten **-ais**, **-ais**, **-ait**, **-ions**, **-iez**, **-aient**.

b 1. avais – vivais – habitait
2. voulaient – avaient
3. étiez – étaient – avais – gagnions – habitions

c Aya: étais – vivais – habitions – parlions
Nora: vivait – était – connaissais – allions – manquaient – vivions – parlais
Ousmane: avait – faisait – habitaient – travaillaient

4 Tout allait bien, quand tout à coup ...

a Man verwendet das **imparfait** hier, um eine länger andauernde Handlung zu beschreiben, die von einem plötzlich eintretenden Ereignis unterbrochen wird. Dieses Ereignis steht im **passé composé**.

b **Passé composé:** einmalige Handlungen – plötzlich eintretende Handlung
Imparfait: Zustände – Gewohnheiten – Begleitumstände einer Handlung

5 Passé composé ou imparfait?

a 1. Samedi dernier, maman et papa n'**étaient** pas là. Ils **voulaient** manger dans un restaurant et aller à un concert. Alors moi, j'**ai invité** quelques amis. Mais je n'**ai** rien **dit** à maman et papa.

2. Lucas et Thomas **sont venus** à 19 h avec quelques copains de leur équipe de foot. Puis, Eva et Leïla **sont arrivées**. Mais, oh là là: elles n'**étaient** pas seules. Elles **sont venues** avec 5 copines de la classe!

3. C'**était** une super soirée. L'ambiance **était** géniale. A 20 h, tout le monde **avait** faim, alors on **a commandé** des grandes pizzas. On **écoutait** de la musique et on **dansait**, quand tout à coup, j'**ai entendu** la porte s'ouvrir. J'**ai pensé**: «Oh mince!». Le chanteur **était** malade et mes parents **sont rentrés** plus tôt. Ils **étaient** vraiment fâchés. ☹

6 Le week-end dernier

a je grandis (1b), tu grandis (2g), il / elle / on grandit (3c), nous grandissons (4a), vous grandissez (5d), ils / elles grandissent (6e), j'ai grandi (7f)
grandir (imparfait): je **grandissais**, tu **grandissais**, il / elle / on **grandissait**, nous **grandissions**, vous **grandissiez**, ils / elles **grandissaient**

b 1. es partie – suis allée – n'est pas venu – sont nés – étaient – habitaient – a déménagé – sont retournés

2. as fait – avait – suis allé – était – était – étaient – sont rentrés – a aidé – a pris – est vite partis

Leçon 3

1 Il se regarde

a 1. Er schaut einen Film an.
2. Er schaut sich an.

b Objet phrase 1: un film
Objet phrase 2: se

c Je me lève ... (1c)
Tu te lèves ... (2d)
Toute ma famille se lève ... (3f)
Nous nous habillons ... (4a)
Puis, mes parents se préparent ... (5e)
Et toi et ta sœur, vous vous préparez ... (6b)

2 Ils se préparent

1. nous préparons – me réveille – me lever
2. se préparent – se maquillent – s'habille – se met
3. me demande – te prépares – t'amuses

3 Je ne me lève pas tôt le week-end

a In verneinten Sätzen stehen Reflexivpronomen und Verb zwischen **ne / n'** und **pas**.

b 1. Je ne me lève jamais avant 9 heures.
2. Non, je ne me couche pas très tard.
3. Non, on ne se maquille pas souvent.

4 Tu t'es réveillée quand ce matin?

a In Sätzen im **passé composé** steht das Reflexivpronomen vor der konjugierten Form des Verbs **être** + **participe passé**.
In Sätzen im **futur composé** steht das Reflexivpronomen zwischen der konjugierten Form des Verbs **aller** und dem Infinitiv.

b Das **passé composé** der reflexiven Verben bildet man mit **être**.

c va se reposer – s'est bien amusées

5 Un nouveau magasin

a **Männliche Formen:** vieux – vieux – beau – nouveau – nouveaux – beaux – vieil – bel – nouvel
Weibliche Formen: nouvelle – vieilles – belles – vieille – belle – nouvelles – belles

b Vor einem männlichen Nomen, das mit Vokal (oder stummem h) beginnt, verwendet man die Formen **bel**, **nouvel**, **vieil**.

c … vor dem Nomen, auf das sie sich beziehen. grand(e), petit(e), bon(ne), haut(e), long(ue) …

6 Un voyage à Montpellier

a une **nouvelle** expérience – une très **belle** ville
le **nouveau** gymnase
une **vieille** et très **belle** maison
un **vieux** château – des **vieilles** fontaines – le **beau** jardin – la **vieille** ville – ses **vieux** monuments – ses **vieilles** églises – ses **belles** places
la **belle** plage
un **bel** album

b 1. Nous avons mangé dans un beau restaurant marocain.
2. On a visité une vieille église magnifique.
3. J'ai adoré les vieux monuments célèbres.
4. J'ai acheté des beaux souvenirs pas chers.

7 J'aimerais …

a aimeriez – aimerait – aimerions – pourrais – pourrais – aimeraient
chercher (conditionnel): je **chercherais**, tu **chercherais**, il / elle / on **chercherait**, nous **chercherions**, vous **chercheriez**, ils / elles **chercheraient**

b 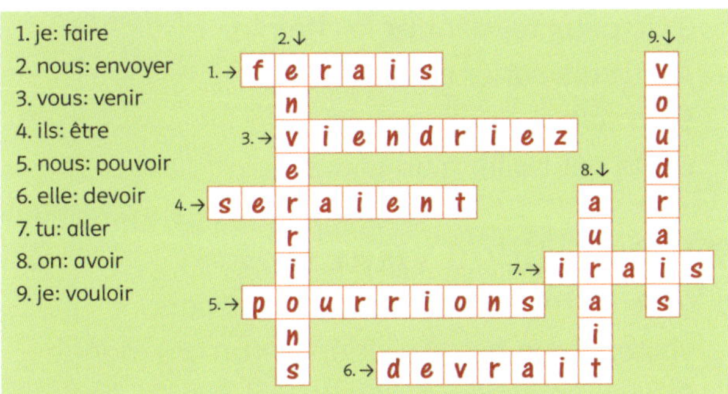

c 1. préférerais – pourrais – comprendrais – verrions
2. voudriez – pourrait – voudrais – pourraient

8 S'il faisait beau, j'irais au skatepark

a Man verwendet **imparfait + conditionnel**, wenn man von einer nicht erfüllbaren Bedingung spricht.
Présent + futur simple werden verwendet, um von einer erfüllbaren Bedingung zu sprechen.

b 1. vivions – sortirais
2. appellerais – avais
3. venaient – montrerais
4. était – irions
5. pouvait – habiterions
6. avais – prendrais
7. serais – avais

c 1. Si je n'étais pas malade, je viendrais avec vous.
2. Je ne peux pas. Si mes parents me donnaient plus d'argent de poche, je pourrais venir avec toi.
3. Oui, c'est nul. S'il faisait beau, nous pourrions aller au lac.
4. Ben, si j'avais son numéro, je lui demanderais.

9 On voudrait jouer au billard

1. voudrais – as – aimerais – peux – étais – serait
2. m'habille – me maquille – rentres – nous levons – allait – serait – pourrais – me couche

Leçon 4

1 J'écoute souvent cette chanson

a Adverbien beschreiben eine Handlung genauer. Mit ihnen kann man ausdrücken, (wo,) wann, wie oder in welchem Umfang etwas geschieht.

b 1. demain – souvent – plutôt
2. toujours – vite – encore – ici – maintenant

c Der erste Satz drückt aus, dass jemand das Gleichgewicht verloren hat. Auf dem Bild kann man sehen, dass die Person gestürzt ist. Der zweite Satz hat durch das Adverb **presque** eine andere Bedeutung. Die Person hat <u>fast</u> das Gleichgewicht verloren, ist aber nicht gestürzt.

2 Heureusement, c'est vendredi demain

a **Adjektive:** seule – heureuse
Adverbien: seulement – heureusement

b weibliche Form des Adjektivs + ment

c forme féminine de l'adjectif: bizarre – adverbe: bizarrement
forme féminine de l'adjectif: généreuse – adverbe: généreusement
forme féminine de l'adjectif: timide – adverbe: timidement
forme féminine de l'adjectif: discrète – adverbe: discrètement

d complètement – bêtement – difficilement – Normalement
vraiment
facilement
tranquillement

3 Avez-vous une table pour deux personnes?

a Es gibt im Französischen unterschiedliche Arten, Fragen zu stellen (Frage mit est-ce que in 1 und 3 / Intonationsfrage in 2 / Inversionsfrage in 4).

b In Situation 4 kennen sich die Gesprächspartner nicht (oder nicht gut). Man kann die Inversionsfrage in förmlichen Situationen verwenden.

c 2. Pouvez-vous nous apporter la carte?
3. Servez-vous des pizzas?
4. Préparez-vous les pizzas avec des légumes frais?

d 2. Savez-vous quand il y a un bus pour la Petite France?
3. Quels monuments peut-on visiter à pied?
4. Y a-t-il une station de tram près de l'hôtel?
5. Quand peut-on visiter la cathédrale?

4 Une interview pour le journal du collège

2. Quand retrouves-tu tes amis?
3. Quelles langues apprenez-vous au collège?
4. Quelle musique écoutez-vous?

5 Demande à Eva. Elle sait …

a Tu sais … (1c)
Non, je ne sais pas … (2d)
… Il sait. (3a)
… vous savez … (4b)
… nous savons … (5f)
… Ils savent … (6e)

b **Imparfait:** nous savions – elle savait – ils savaient – vous saviez
Passé composé: j'ai su – elles ont su
Futur simple: il saura – elles sauront – tu sauras – vous saurez – je saurai
Conditionnel: je saurais – ils sauraient – nous saurions – vous sauriez

c Vous **savez**
je **sais**
Vous le **savez**
Tout le monde le **sait**
Les autres copains … ne le **savent** sûrement pas encore.

6 Tu sais faire du skate?

a Im Französischen gibt es zwei Übersetzungen für das Verb „können" (**savoir** und **pouvoir**). Das Verb **savoir** bedeutet außerdem „wissen".
savoir: 1. können, 2. wissen,
pouvoir: können

b 1. Tu sais jouer au ping-pong?
2. Si tu veux, on peut jouer au ping-pong demain.
3. Je peux te montrer le chemin.
4. Tu sais parler italien?
5. Je sais parler …
6. On peut aller à un concert.

7 Il faut qu'on visite …

a (que je) réserve – (que nous) préparions – (qu'on) visite – (que nous) visitions – (qu'on) mange – (que vous) écriviez – (que les élèves …) cherchent – (que les élèves …) préparent
visiter (subjonctif): que je **visite**, que tu visites, qu'il / elle / on **visite**, que nous **visitions**, que vous **visitiez**, qu'ils / elles **visitent**

b il faut que … – je voudrais que … – j'aimerais que … – je préfère que … – je propose que …

c 2. (que tu) veuilles
  3. (il) est
  4. (que nous) ayons
  5. (vous) faites
  6. (qu'elles) puissent

d 1. (que nous) allions
  2. (que le groupe) mange
  3. (que tous les élèves …) préparent
  4. (que toute la classe) fasse
  5. (qu'on) sorte

8 Il faut que tu lui parles

a Tim05: (que je lui) achète
  Marco_xxy: (que tu) parles – (qu'il) sache
  Paul: (que ta sœur) paie
  Tim 05: (que vous) sachiez
  Lucie_lune: (que tu) demandes – (que tes parents t') aident

b 1. Il faut que tu demandes à ta copine si elle fâchée contre toi.
  2. Je propose que vous le racontiez à vos profs.
  3. Il faut qu'il le dise à votre mère.

9 Il faut qu'on révise pour l'interro

a je traduis (1c)
  tu traduis (2g)
  il / elle / on traduit (3b)
  nous traduisons (4a)
  vous traduisez (5d)
  ils / elles traduisent (6e)
  j'ai traduit (7f)
  traduire (subjonctif): que je **traduise**, que tu **traduises**, qu'il / elle / on **traduise**, que nous **traduisions**, que vous **traduisiez**, qu'ils / elles **traduisent**

b 1. sais – a
  traduise – montre
  2. vas
  peux – rendons
  fais
  vient – révisions – pouvons

Extra 1

1 La tente est montée

a Subjekt des 1. Satzes: Elise
  Das Subjekt der aktiven Form kann in der passiven Form durch **par …** angehängt werden.

b Man verwendet den Passivsatz, wenn die Handlung im Mittelpunkt steht, nicht (so sehr) der / die Handelnde.

c Das **participe passé** wird an das Subjekt des Passivsatzes angeglichen. „La tente" ist ein weibliches Nomen. Das **participe passé** (monté(e)) erhält deshalb die Endung **-e**.

d 1. invitées, 2. préparés, 3. montée, 4. préparé

2 L'anniversaire de Loïc

a 1d, 2c, 3b, 4a

b 1. Le gâteau d'anniversaire a été fait par les parents de Loïc.
  2. La musique pour la fête a été choisie par le frère de Loïc.
  3. Toutes les pizzas ont été mangées par les copains.

3 La semaine des pays francophones

Un documentaire sur le rôle de la langue française dans le monde sera présenté.
Des présentations sur différents pays francophones seront préparées.
Les résultats de la semaine des pays francophones leur seront montrés.
Des spécialités de différents pays et régions seront vendues par les élèves de 4e.

4 Elle écoute de la musique en préparant le repas

a Man verwendet das **gérondif**,
  1. wenn eine Person mehrere Dinge zur selben Zeit tut.
  2. wenn man erklären möchte, auf welche Weise jemand etwas tut.

b 1. Sie hört Musik, während sie das Essen zubereitet.
2. Er bereitet seine Präsentation vor, indem er im Internet Informationen sucht.

c Das **gérondif** wird mit **en** eingeleitet und in der Regel von der ersten Person Plural des Verbs im Präsens abgeleitet. Die Endung lautet **-ant**.

5 C'est le stress!

1. Lola répond au téléphone en préparant son sac.
2. Le père de Léonie prépare ses affaires en aidant Léonie avec ses devoirs.
3. La mère de Léonie cherche ses clés en mettant son manteau.

6 Qu'est-ce qu'ils font?

1. Elle écoute de la musique en chattant avec sa copine.
2. Elle mange en lisant un livre.
3. Elles rigolent en regardant des photos.
4. Ils préparent l'interro en révisant ensemble.

Extra 2

1 Ils avaient attendu pendant une heure

a Das plus-que-parfait verwendet man, um über Handlungen und Ereignisse zu sprechen, die vor einem anderen Ereignis in der Vergangenheit stattgefunden haben.

b Das **plus-que-parfait** wird mit **être** oder **avoir** im **imparfait** und dem **participe passé** gebildet.
Aller: Das **plus-que-parfait** wird mit **être** im **imparfait** und dem **participe passé** gebildet. Das **participe passé (allé(e))** wird an das Subjekt angeglichen.

c 1. il m'**avait** déjà **présenté**
2. Loïc **avait préparé**
3. elle n'y **était** jamais **allée**
4. **avait joué**

2 J'avais complètement oublié

a tu **as rangé**, tu **as oublié** = passé composé
je ne **peux** pas, je **sors** = présent
je t'**avais** déjà **dit**, j'**avais** complètement **oublié** = plus-que-parfait
mamie et papi **vont venir**, je **vais ranger** = futur composé

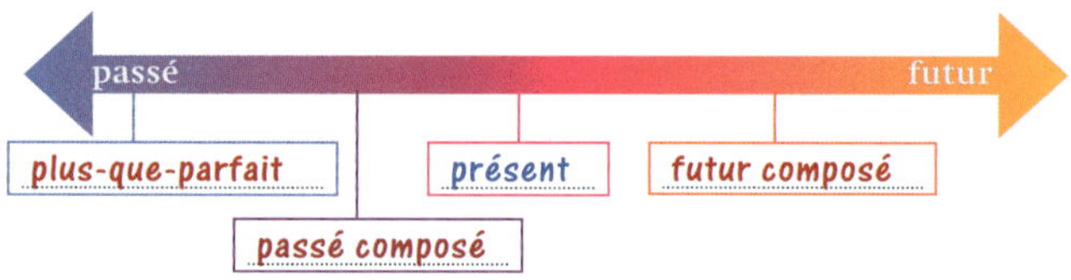

b 1. Noah: n'es pas venu
Thomas: suis resté – avait demandé
Noah: ai appelé – n'as pas répondu
Thomas: n'ai pas pu – avais oublié
2. Noah: a (bien) rigolé
Noah: n'a pas pu – est allée – était tombée
Noah: a écrit

3 Elle est en train de plonger

a 1. Sie springt gerade ins Wasser.
2. Er hat gerade Fußball gespielt.

b 1. Ils sont en train de prendre des photos.
2. Elle vient de faire les courses.
3. Ils viennent de gagner un match.
4. Ils sont en train de danser.

4 *Etre en train de … ou venir de …?*

1. viens d'acheter
2. viens de faire
3. suis en train de réviser
4. suis en train de l'appeler
5. viens de le finir

5 Au téléphone avec ton cousin français

1. Je viens de faire du badminton. Maintenant, je suis en train de faire mes devoirs.
2. Non, ils sont en train de faire les courses.
3. Elle vient de rentrer.

Extra 3

1 Tu en veux?

a Das Pronomen **y** kann verwendet werden, um die Wiederholung einer Ortsangabe zu vermeiden.

b Auch **en** kann verwendet werden, um eine Wiederholung zu vermeiden.

c Das Pronomen **y** ersetzt **à** + Nomen.
Das Pronomen **en** ersetzt **de** + Nomen.

d 1. Non, merci. Je n'**en** veux plus.
2. Oui, j'**en** fais depuis deux ans.
3. Oh oui, j'**en** veux bien.

2 Tu en es revenue quand?

1. Oui, nous en sommes revenus vendredi.
2. Oui, on en a visité beaucoup.
3. Oui, ma tante en a préparé pour nous.
4. Oui, je vais t'en montrer demain.
5. Non, je n'en avais pas envie.

3 *Y* ou *en*?

1. en
2. y
3. y
4. en

Bildquellennachweis

Getty Images Plus, München (wihteorchid iStock), **10**; Ilka Kramer, Lausanne, **U1.1; 3; 11**; Klett-Archiv, Stuttgart, **U1.2**; Myrthia Rockstroh, Berlin, **18.1-2; 20; 21.1-2; 25.1-2; 27.1-2; 30.1-4; 44.1-2**; ShutterStock.com RF, New York, NY, **6.1-3**; (Antonio Guillem), **41.3**; (Carboxylase), **28.3; 29, 46**; (gpointstudio), **40.1**; (Halfpoint), **44.4**; (HBRH), **41.1**; (Josep Suria), **44.3**; (KlaraBstock), **28.2**; (LightField Studios), **40.2**; (Maurizio De Mattei), **13**; (Ollyy), **44.5**; (Syda Productions), **44.6**; (VGstockstudio), **42**; (William Perugini), **15**; stock.adobe.com, Dublin (ah_fotobox), **8.2-3**; (Boggy), **41.2**; (Delphotostock), **8.1**; (Jacob Lund), **41.4**; (Natnan), **28.1**; (Prostock-studio), **16**; (Racle Fotodesign), **38.1-2**; (zolotons), **6.4-6**